JN089504

少年百科箱日記

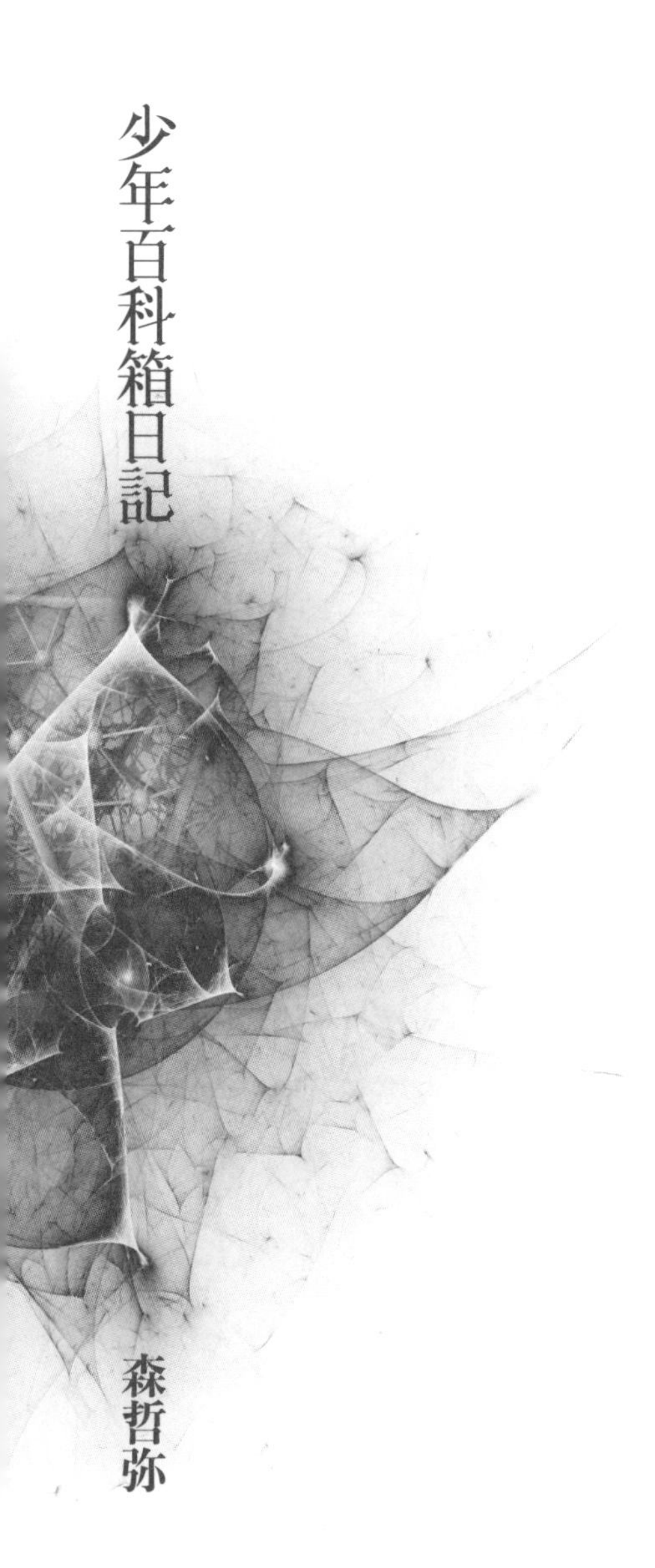

森哲弥

詩集　少年百科箱日記＊目次

第一の箱

第二の箱

第三の箱

第四の箱

詩集

少年百科箱日記

第一の箱

百科箱日記

本棚に並んでいる百科事典が
すこしずつ膨らんでいくのだ
音もなく
一日にどれだけというわけでもなく
目を凝らしてみると昨日と変わりない
けれども着実に膨らんでいるのは確かだ
ある晩、家がひと揺れし、
大小、短長、広狭、高低、軽重
ありとある尺度から零れでて、

家中にさまざまな箱が溢れた。
箱にはラベルがついている
ひこうき　らいおん　ろけっと　ぞう
せいうん　はんせん　じょうききかんしゃ
とりけらとぷす　ないふ　ぼうえんきょう
センソウ　ハシカ　センシ　アメリカ
ケンポウ　スイトン　コウホウ　イコツ
カエンビン　ヘイワ　フランスデモ
しちほうやき　こうさくしょ　ぷれす
ゆうやく　どうばん　いんさつ　しょくじ
ぶんせん　かいはん　おふせっと　ぽんち
…………
年を忘れた少年の日々
書き続けた日記が百科箱のラベルとなった。

悲行機

海外旅行客で混雑している空港
練達の声と手で見る間に捌かれ
飛行機は飛び立つ
夕刻のトップニュースは
「新種の肉食恐竜の全体骨格化石の発見」
飛行機は無事に飛んだんだ

天空の摂理に人知をそわせて
重い物体は身を震わせ宙を行く

曽ての日
イカロスの背中と翼をくっつけていた蠟は
陽光に溶けて今も天空に充満している
そして
ヒトが作った飛行物体すべてのなかに
音もなく潜んでいる

背凭（せもた）れの高い椅子に体をあずけて
今も世界の空行く昂揚の中にあるヒトの
心に一瞬去来する着陸の不安
それは、きっと
吸気に混じり入るイカロスの蠟の
微粒子の仕業だ

きのう

その小型帆船はぼくをのせて
波の上を走った
「きのう」という名の帆船
後方からの順風ばかりとは限らない
横風、向かい風それに嵐
穏やかな波とは限らない
うねり波、風波、三角波
航行距離は決まってないが
航行時間はきっかり二十四時間

もうひとつの約束事
それは
舳先をいつも前方に向けて
大風大波にたじろがず
一メートルでも前進すること
船酔いに苦しみながら
ぼくはおぼつかないロープワークで
帆船を操る
寄港地の灯りが見える
「今日」という寄港地
そこはいままでの
時が濾過してくれた清明な海の質感ではない
風に交じって痛みの矢が身を刺す
「今日」という世界

やがて帆船は接岸し、ぼくは上陸する
帆船は霞んで過去の海へ消えていく

焼き秋刀魚

なかまと楽しく群遊していた北の海
漁夫の網にかかって
いまは燃え盛る烈火の上
皮を焼かれ
身を焼かれ
胆を焼かれても
疾(と)うに魂を天に還した秋刀魚は
泰然として微動だにしない
「いいにおいだ」なんて言って

やがては身に黐りつくにんげんを
黒く焦げた眼で
秋刀魚は　ただ黙って見ている

ストロー

海を吸いこむ。口いっぱいに
カタクチイワシにクロマグロ
ジンベイザメにヒョウモンダコ
オウムガイにアンモナイト

もう一度大きく吸い込む
オキアミにマッコウクジラ
ときおり氷山のかどっこで舌を切って
ふと忘れていた痛み思い出したりもするが

口にくわえた空芯菜のストローで
欲望の果て
大海を飲み込もうとしている

思い余って
空芯菜のストローが独りごちた
吸われるばかりがおれの本分じゃない
たまには力いっぱい吹いてみろ

ブクブク　ブクブク　ぷくぷく　ぷく
太平洋が少しふくらんだ

公園のすべりだいのうえ
シャボン玉が一人あそんでいる

チェロの海

その響きに誘われるままに
海辺におかれた粗末な木椅子に
わたしは腰掛けた
無伴奏のチェロの響き*は
遠き彼方の海底からきこえてきた
海原に風波は立っていなかったが
水面は時にゆるやかに褶曲(しゅうきょく)し
群なすいるかの背のようにうねっていた
その時、その擦弦楽器は

四分の六拍子の複雑なクーラントを奏で
海底のコンサート・ホールから飛び出した
チェロは自らの響板をかぎりなく膨らませ
海そのものを楽器にかえた
わたしの臓腑の奥ふかく
緋色の小さな湾岸からも
スペイン舞曲風のサラバンドが聞こえ
チェロが静かに踊っている

せりあがる海面
流動し、融合する
わたしの外の海と内なる海
世界は音の海で満たされる
海潮音に共鳴して

壮麗なる対位奏法（ポリフォニー）が始まる
遂にチェロの海のなかを
わたしは回遊魚のように遊泳する
持続低音の水流が鼓膜を叩く
水底の響きは、最初は限りなく重く暗いが
やがてそれは
「時」を銀色に磨き上げるだろう

ジークの最後の音符に弓がかかり
曲は終わる
汐は瞬く間に引き、わたしの足もとには
チェロのスクロールに似た巻貝が
一つころがっている

＊　無伴奏のチェロの響き　J・S・バッハ「無伴奏チェロ組曲」

チェロの木

シラカシの根方に
チェロが眠っている
巨樹の精はあおくけむり
木ねずみがf字孔をD型に齧って
出たり入ったり
チェロの腹腔に枯れ草の寝床を敷き
ドングリをたくわえる
ズオオオン　キュリルオオン
ただ一本のこったA弦に

木ねずみの尾がふれて
森の空気がひびく
チェロの脚棒から細い根が生えはじめ
糸蔵から若葉ものぞく
魂柱はしずかに溶けて地と交わり
チェロはシラカシの調べを奏でる

ぶなの森の朝

森の奥のぶなの木
その根は大きな時計を抱いている
そこに向かう小さな蒸気機関車
炭水車は連結してなかったので
少年は、ひと箱分のマッチを
火室にほうりこむ
軸木の発火薬が
硫黄のにおいとともに赤く燃えて
少年の機関車は加速する

ぶなの時計はひそかに針をすすめる
樹間の風は芽生えを育て
新しい朝の光が森をつつむ

クロワッサン

バターを幾重にも畳み込んだパン生地を
エッフェル塔みたいな三角形に切りそろえて
底辺からくるくると巻き上げる

その時　パン工房の
窓からは三日月が見えていたにちがいない
パン職人は尖った両端をちょっと曲げて
烈火のオーブンへ

croissant（クロワッサン）
　彼のお国の言葉では三日月パン……
は
きっと　こうして焼かれたんだ
魔法使いの婆さんのしゃくれ顔に
どこか似てるが　味は天使のほほ笑み
croissant（クロワッサン）
　《増大》という隠れた意味……
だから
舌の上でバターの地図が広がっていく

だ・い・す・き

その前夜
星座盤の上に
時ならぬ冬の蝶が舞い降りて
オリオンの彼方に
二連星が輝いたのは本当かもしれない

かれは保育室で新聞紙をひろげ
折紙の牧童帽の作り方を教えていた
その時

テンガロンハットかぶった黒い瞳の
ウエスタンガール　風のように
駆けよってきて　かれの耳元で
「だいすき」
耳たぶに柔らかいものが一瞬触れて
かれの肺胞は大粒葡萄のようにふくらんだ
ありふれた言葉なのに
じかに届けられることが
いかに稀であったか　だ・い・す・き
片隅にサンタの切り絵が忘れられている
一月の保育室　ふたりの年の差六〇歳

二連星は真昼の天空で輝いている

第二の箱

短刀

高祖父がそれで自刃したという短刀が、わたしの文箱の中にある。幕末の政争の渦中にあっての信念の死ときかされてきた。

そのときは思慮浅く短刀を預かったが、なにゆえ祖母は年端も行かぬわたしにそれを託したのだろう。それは謎だ。

白鞘、九寸五分、鞘をはらって切っ先を喉にあててみる。一瞬走る戦慄のあとでいい知れぬ安堵を感じた。

いつ襲われるか知れない決定的な恥辱から、わたしはいつも自由になれる。柄握る手に一瞬力を入れればいいだけなのだ。

自らに対する生殺与奪の実権をわたしは手にすることができたのだ。高祖父の喉かき切ったこの短刀で。

短刀。敵を殺傷するための武器としてつくられたこの器具。しかしなんと内に切っ先を向けやすくつくられていることか。

縁側にて

かれの実父は戦死し
かれは継父に育てられた
実父のことをきくのはご法度で
継父も自らを語らなかった
はっきり分かっていたことは
実父は陸軍で
継父は海軍だったということ
かれにとっては
どうでもいいことだった

とにかくかれのものがたりの序章は
鮫に足を食いちぎられるように
黒い外套を羽織った歴史の夜叉に
奪い去られたのだ
かれはそっと思うのだ
今宵の夢のなかでもいい
硝煙のにおいの届かぬ静かな縁側で
南国産の黒糖焼酎など啜りながら
若かった一人の「女」について
二人の男にきいてみたいと

妻の手

妻の手には土がついている
庭仕事をしていてついた土だ
その土に草が混じっている
それは彼女が愛する世界のしるし
腕時計をつけなくてもさしつかえのない
土の世界
「おばさんの手でしょう」
なんていっているが
その手は

自然の栄養クリームを
たっぷりつけてもらって
充分よろこんでいる

横断歩道

おばあさん　おばあさん
そんなにあわてないでください
すまなさそうな顔をしないでください
あなたの若い頃は
すみれ咲く道に
不粋な白線などなかったのですから

馬を用済みにした
煙はく横柄な箱ぐるまに乗っている

不遜(ふそん)なものどもが　勝手に描いた
白線の道の前で　しぶしぶ停まって
「待ってやるから早く渡れ」と
きっと　おばあさん　あなたに
無言の空気で
いつも険しく詰め寄ったのでしょう

狭い白線の内側ですが
しばし時の司となって
どうかゆっくり渡ってください
だからおばあさん　途中で
まがった腰をのばすのもいいでしょう
荒くなった息を
整えるのもいいでしょう

あわてることはないのです
「通してやるから待ってろ」と
くらいいってやってください

ああ　おばあさん
それでも　早く早くと
やっぱりあなたは急ぐのですね
律儀に深くお辞儀までして

集合記念写真

――みなさん集まって
　記念写真撮りましょう――

この日を境に
一欠け、二欠け　……
引算の顔写真
やがて隣の幽暗の世界への
移籍簿となるだろう
これ以上増えることのない

未来を閉ざされた逓減曲線
けれど一点の光
集合写真の最後列に立っている
めだたぬ女性
彼女は真っ先にみんなから
忘れられそうだが
彼女だけが
未来に加える「数」を抱いている
ぷっくりとしたそのお腹に

輝くひとみ

南米から一三〇〇キロを
ひたすら歩きつづける
屈強な男たちもいるが
乳飲み子も
老人も
少年も
身籠もった女も
病人も
さまざまな事情を抱えた人たちが

北をめざして歩いている
ゆく先で待ってくれている人はいない
待っているのは冷たい銃口だけだ
銃構えるものたちの統率者は
聖書に自らの手をおいて
宣誓したプレジデント
弟の肩に手をおいてやさしく歩く少年
彼の誓いは弟を守ること
彼はきっと夜が好きだ
果てしなくくらい悪路のあゆみのなか
星々の光がとどいて
少年の双眸（そうぼう）の輝きが増すことを
彼は感じるからだ
苛酷な暮らしから逃れて

ふくらはぎが張る一三〇〇キロ
食べ物も水も乏しい
銃口と銃口のあいだに通う細い風の筋
人々はその風のにおいを察しねばならない
そして風の道を見つけてあゆむ
それでもやがておとずれる胸と胸の衝突
そのとき少年のひとみは
なお輝きをましているだろう
この人々を導くのは自分なのだろうか
弟の背を撫でながら少年はふと思った
足もとの砂が風にすこし舞った

人、字を書く

字をかく人を、みるのがすきだ。
その人が
やさしい人か、気むずかしい人か
こわい人か、つめたい人か
そんなことはどうでもいい
ただ、筆記具の先端の一点から
一瞬一瞬、こころを刻んで
紙面に文字のしずくをこぼしていく
そんな、ひとの営為をみるのがすきだ。

いきをのむような美人の
いがいに、放埓（ほうらつ）な、ふとい字もいいし
わらべが、おぼえたての字で
じぶんのなまえをかいた、紙がへこむほどの
2Bの、濃い字もすきだ。

……そして

六尺ゆたかの、大おとこが
きゅうくつそうに、背をかがめて
きちょうめんに、米つぶのような
ちいさな字を罫線のうえに
整列させているのをみると……

世界と人間は、まだ当分のあいだ
大丈夫だという気がしてうれしい。

忘れられた靴

川べりの石のかげに
忘れられた片方の靴
小さなリボン飾りがついているから
きっと少女の靴であろう
川あそびに夢中になっているうちに
脱げて、なくなってしまったのだろう
少女はどうして帰っただろうか
いまその靴に、昨日の雨が溜り
小さな虫が泳いでいる

少女が残してくれた小宇宙で
やがて干上がるまでの少しの時間
虫たちは無心に生きるだろう
遠くの橋を、コスモスを髪にさした
少女がスキップしている
その足に
ま新しい赤い靴が光っている

第三の箱

ひとさしゆび

人差し指の関節は
とてもうまくできている
後ろ向きには曲がらないから

もし後ろに曲がったら
うらぎりものが
増えて困るだろう

つめ

四ミリほどのびた　一週間で
これは
野性のぼくの懈怠（けたい）の証だ

厚い木の皮を剝いで
白い幼虫を食べることをしなかった
喬木の間を
飛び渡ることもしなかった
指先に血を滲ませて

堅い岩肌を登ることもなかった
隣の群れと出くわして
命懸けで戦うこともしなかった

この四ミリでは
この薄っぺらなひ弱な四ミリでは
何程のことができたであろう
この四ミリを
この薄っぺらなひ弱な四ミリを
すり減らすまで使ったとして
何も出来やしないのだ

だからぼくは利器を使って
その無駄を

一週間かけて育った無駄を切り落とす
それでも一週間後には
四ミリのびるのだ

この四ミリの無駄は
野性を忘却したぼくに
そっと突き付けられた動かぬ証拠だ

つまむ

落としたコインを拾う
捕らえたオニヤンマの羽をつまむ
本のページをめくる
世界中の仕事は、あんがい
こんなことから始まっている

おやゆびとひとさしゆび
二人は共同作業の永遠の模範だ
寸分くるわぬ呼吸の良さで

いつも仕事に余念がない

だから
単純作業の過重労働は気の毒だ
つまみ続けるだけの仕事なら
神経も筋肉もいらないから
そんな仕事ならと
請け負ってくれるやつがいる
やつはからだのまんなかの
「C」の形した針金の
一途で頑迷な力で仕事をこなす

今日もひらひらパンツとシャツ
青空の下

ランドリー・ピンチ*は律儀に働く
ただひたすらにつまみつづけて

＊　ランドリー・ピンチ　洗濯ばさみ

胃ぶくろ

おれには味覚というような
高尚な感覚はない
コントロールタワーからの微妙な伝達は
オレのゴム質の内壁に響くのだ

おれはこの機関の下部組織
主要業務は上からおろされてくる物質を
処理して下に送ることだ

このところ上部組織はご機嫌と見える
西洋の習いにしたがって
毎日少しずつ味わっているから
長年の経験からすると
この時季、この情況から察するに
四週間つづくだろう

初日
この内壁の重さから推し量ると
強力粉とたまご、バター、牛乳、
それに砂糖
これが感知の限度というところ
そして日毎にかわっていく感覚

三週間目
おっ　このつぶつぶ
アーモンド、ラム酒漬けレーズン

四週間少し手前
内壁にピリリときた
ナツメグ　シナモン　カルダモン
それにとろりと溶けるもの
ぐらにゅう糖か

四週間経過
なんだか上部組織がかまびすしい
仕事は増える一方だが
こんな日にはおれだって意気揚揚

おまえはいったい何者かって
上部組織の顔色を読みながら
ぬらぬらと生きております
「胃ぶくろ」という小心者です

ところで今日は待降節最終日
上部組織とお仲間になって
シュトレンをお召し上がりください

あっ
こんなこといっちゃいけなかったんだ
胃ぶくろの分際で

絞る

ぞうきんを絞るように
からだを絞りつづけて
徒労の勲章をもらった
せめてこの次は
脳みそを力のかぎり絞って
ソクラテスの夢をみよう

ほね

いいかげんにやすませろ
もう　これいじょう
おまえをささえきれない
ぎしぎしときしんで
もうげんかいだ　あぶらぎれだ

と

きみがぼくのうちがわで

さけんでいたのはよくしっている
けれど　だからといって
ねむっているまにぬけだしていくなんて
あんまりだよ
おかけでぼくは　みずをそそがれた
ごむにんぎょうどうぜんだ
たかかったはなっぱしらも
ほっぺたとひとならびだ
りかきょうざいやの
かんばんしょうひんになっているんだって
な　たのむから
そこでもうちょっとだけねばってほしい
にょうぼうにかいもどしにいかせるから
りかつしつにつりさげられるまえにな

おまえはとうぶんごむにんぎょうでいろよ
おれはりかしつで
おんなのこをこわがらせながら
しばしのほねやすめ
おまえはさいきんふとってきて
けっこうきつかったからな
ま　しんぱいするなよ
よがあけるまでにかえってやるからさ
じつのところ　ここも　よなかはひえて
ほねみに、いや　ほねに
じかにこたえてくるんだ

安楽椅子

とんがったお尻も
ふとりすぎたお尻も
側湾も猫背も
疲れ果てた腰骨も

ギリギリと締めつけられて
まがってしまった心だって
眠られずに重く沈んだ眼球を
抱えた憂鬱な脳髄だって

おのぞみの傾きぐあいと
自在に窪むこのパンヤの膨らみで
おひきうけいたしましょう

離れぎわの辛さを
知ってお越しになるお方なれば
どなたでも　よろこんで

出不症

どこへもいかないが
どこへでもいっている

朝は南極でペンギンとあそび
昼は農家の縁側で出された干柿をかじる
夜はアマゾンで大鯰と格闘

どこへでもいっているが
どこへもいっていない

どこへもいかないが
どこへでもいっている

4Kときに8Kという上等の眼鏡
これをかければなんだって見える

ギリシャのパルテノンは
かくれんぼの好きな夕日のあそび場
スフィンクスはアフリカ地区担当の
天使の日時計
ニューヨークの摩天楼は
ブリキの筆立てに投げ込まれた
削りたての鉛筆

どこへもいけない旅人が
どこへでもいけるのだ

空想のレンズをそっと拭いて

どこへもいけないが
どこへでもいける

パンツのゴム

ゆるめれば
だいじなところがかくせない
しめれば
かゆい　いたい　きゅうくつ

とかく
もんくがおおいのがにんげんだ
だから
しっているのだ

にんげんのおなかのうえを
ひとまわりしている
いとみみずは

ほどほどでいきるすべを

どりーむふるーつ

みなみのくにで
たいほううって
ひとをころして
せんそうまけた
ばななはうまい
おとなはいった
こどもはしらぬ
うまれたときは
おふねがつかず

たべものすこし
きいろいばなな
みかづきばなな
えほんのうえで
おさらにのった
ふさふさばなな
よだれはでない
あじしらぬから
どんなあじかな
あこがればかり
つきひはながれ
おとないそがし
せんそうわすれ
やせたからだも

だんだんふとり
しごとつらいが
くらしそこそこ
こどももそだち
どうぶつえんに
らいおんもきて
ぞうさんもきて
こどもはたべる
ふつうにたべる
ばななむしゃむしゃ
へいわこっかは
かんれきすぎて
むかしてがでぬ
ゆめのくだもの

いまはみせやで
ひとふさいくら
たいわんさんに
ふぃりぴんさん
にがいれきしの
あじひそませて
きょうもやすうり
やまもりばなな

第四の箱

遺作

その戸を開けて出ていったきり
ついに帰らなかった。
絵筆を銃にもちかえて
やがて生まれくる子の顔もみないまま

山蛭脛這う瘴気の密林
草木の肌は硝煙に爛れて
重ねゆく星霜のなか、骸は
時の堆積に、もはや石と化したであろう

筆づかい、息づかい絶えだえに
歳月に灼けて遺されし一幅の絵の
睦み合う手と手がむすぶ昔日の花光

かすれた落款に名を探って何になろう
戦いは終わり、史書は加筆された
死は数として、生は忘却の徒として。

音

長いプラットホーム
ずっと続いたその先が
黒い夢の霧の中で消えている
こうもりが飛んでいたから　たぶん夕刻

工場の煙突に煙は見えない
道はささくれだって
ひび割れた石のあいだから
ニワゼキショウが覗いている

たち割った水晶の砕片を耳にあてて
時が隠した
かすかな音を探りあてる

疲れた体と　死者の背嚢を運ぶ靴音
霧の彼方から静かに汽車が着く　そして
下車する者もなく汽車はまた走り去る

報せ

戦いの中、存亡の危機のなかでも
夏空は晴れわたり、胚はそだった
季節はめぐり、風は雲をおして
地中深く、蟬は静かに眠っていた

報せが、あまねく悲報であった時に
幼子の耳にも、それは届いていたであろうが
風と紛れて蝸牛管に迷いこんだ
目覚めた蟬が初めてきく風の音だった

意味を持たない音の記憶に
歳月はくまなく色付けしていった
戦いはすでに終わっていた

告げられることはなかった
感じるよりほかはなかった
偉丈夫の不帰還、行方不明のまま

絵隠す母

与えられた一枚のビスケット
四つに割って一つずつ舌の上で溶かした
一筋の細い甘い流れが喉へとくだる
決して嚙んだりしなかった

動物園に象がきた
バナナの販売が新聞に載った
肉弾（にくだん）をして遊んだ
駆逐水雷（くちくすいらい）で時を忘れた

少年は軍艦や戦車の絵をよく描いた
近くの操車場で貨車のスケッチもした
母親はいつもそれらを怯えるように隠した

憲兵がくるから。母親は小さくつぶやいた
戦いは既に終わっていたというのに
ただM・Pのジープはまだ街を走っていた

肉弾

地面を木ぎれで引っ掻いてSの字を描く
そして二組に分かれてS字の囲みの中に入る
「セントウカイシ」少年たちは叫んで
ケンケンで領土を跳びだし、敵方と戦う

倒されたり両足をついたものは退場
残存勢力で敵地を攻め　防衛隊と戦う
互いの領土内では片足制限は解かれる
敵勢を掻い潜り　敵陣踏破で勝敗が決する

少年たちはこの遊びを「ニクダン」といった
体と体がぶつかりあう　肉の弾丸
少年の脳味噌にこんな言葉を誰がすり込んだ

平和にそぐわぬからやめろとの声もあったが
本当の戦争に「ケンケン」のルールはない
三回戦で日が暮れて少年たちは家路についた

防毒面

ボウドクメン。少年はそういっていた
その器具がたどった忌まわしい来歴など
少年は知る由もなかった
ただそれを着けて少年は無心に遊んでいた

隣国の奥深く分け入った地では
褐色の土に草木もなく
水筒の水もいつしか涸れて
歩む一歩に故無き疲れが纏い付いた

装着したか否か。間に合ったかどうか
ともかく生き延びた者によって
その器具だけは日本海を渡ってきた

何時の世も少年はかぶり物が好きだ
いま流行の蟷螂の顔に似た異形の仮面
どこか曽ての防毒面に似てはいまいか

楽器

ヴァイオリンの響板はひび割れたであろう
ハープの弦はちぎれ
ピアノの鍵盤は飛び散り
トロンボーンは捻じまがったにちがいない

風はかすかに草の葉をそよがせ
とかげが庭石のうえで背をあたためていた日々
突如、鉄の魚が地に降りそそぎ
楽音の響く明日は断たれた

爆裂を免れた古都の片隅
陋屋に忘れられた尺八一管
その歌口を湿らせた人はもういない

壊れた楽器　還らざる人
裂けた峡谷の底にいまだ燻る硝煙のにおい
欠落を埋めるにはまだ「時」が足りぬ

靴音

煙雲渦巻く南国の泥土
爛れた版図は千切れ飛び
錆びた鉄兜の被弾の痕より
名も知らぬ草の葉がのぞく

斯くて戦いは終わり
銃創の痛みも記憶の襞に凝固した
切れ切れの叫びも
繁茂する草木の陰でいつしか途絶えた

破れた国ではそれでも
欠け茶碗で汁を啜る暮らしがあった
何時か戸口でとまる靴音を待ちながら

靴音はしばしば幻聴として去来したが
日々悲報は確かさを増していき
その音が命と共に還ることはついになかった

*

年を忘れた少年が書き続ける百科箱のラベル

苗村吉昭

本書は森哲弥の九冊目の詩集となる。第四詩集『少年玩弄品博物館』（一九九六年）とH氏賞を受賞した第五詩集『幻想思考理科室』（二〇〇〇年）は、統一したテーマで制作された精緻な散文詩集であった。第六詩集『物・もの・思惟』（二〇〇六年）では、日用品二十種類を題材に理知的な散文詩とひらがな表記の即興詩の二篇が計画的に配置されていた。第七詩集『ダーウィン十七世』（二〇〇八年）は、一転して社会的問題提起を含んだSF的長編散文詩八篇で構築されている。このように、第四詩集から第七詩集まで、森は詩集を完全に自分の統御下において組み上げてきているのだが、それらの斬新な詩集コンセプトに収まらない詩も平行して書き続けていた。その一部分は前詩集『幻境棲息少年』（二〇一四年）の第I部に収録されているが、同書の跋文で私は「「少年」という喩法を用いて、詩人がその理想の姿と理想の作品を同時に提示した意欲的な詩集である」と評している。これは詩集第Ⅰ部に収録された「少年」をタイトルに冠した十七詩篇と第Ⅱ部に収録された『ダーウィン十七世』の系譜である長編散文詩三篇の対応関係を説明したものであったが、いずれにせよ、外形的な完成度の高かったこれまでの森哲弥の詩集に慣れ親しんできた読者には、本書の刊行意図はやや分かり難いかもしれない。

最初の詩「百科箱日記」は、今回の詩集のみならず、これまでの森哲弥の詩人としての生き方を象徴的に表した作品である。冒頭部分を引いておこう。

本棚に並んでいる百科事典が
すこしずつ膨らんでいくのだ
音もなく
一日にどれだけというわけでもなく
目を凝らしてみると昨日と変わりない
けれども着実に膨らんでいるのは確かだ

これは、森哲弥が日常生活を送りながら詩想を膨らませることにより、日々の詩想の蓄積が飽和状態となって爆発寸前であることを表現したものであろう。詩の中では、ある晩に家がひと揺れして、家中にさまざまなラベルがついた箱が溢れ出てくる。「ひこうき　らいおん　ろけっと　ぞう／せいうん　はんせん　じょうききかんしゃ／とりけらとぷす　ないふ　ぼうえんきょう／センソウ　ハシカ　センシ　アメリカ／ケンポウ　スイトン　コウホウ　イコツ／カエンビン　ヘイワ　フランスデモ／しちほうやき　こうさくしょ　ぷれす／ゆうやく　どうばん　いんさつ　しょくじ／ぶんせん　かいはん　おふせっと　ぽんち／……」。本書の「第一の箱」に収録された詩群は、この百科箱のラベルの中から紡ぎ出されたものである。不安を抱えて空を飛ぶ「悲行機」、「きのう」という名の帆船、帆船が行く海に視点を移した「焼き秋刀魚」と「ストロー」、海が音楽に変じた「チェロの海」。チェロは、さらに「チェロの木」となり、木のイメージは「ぶなの森の朝」まで誘い、朝の食事の「クロワッサン」で舌の上でバターの地図を広げると、その地図は星座盤となり「だ・い・す・き」というラベルの小箱の中身を見せてくれる。

このような百科箱の仕組みが見えてくると「第二の箱」以降も、最初の詩「百科箱日記」にその萌芽があることが分かってくる。しかし「第二の箱」の詩群には、実人生の重みを背負った深刻なラベルが付されているものが多い。高祖父が自刃した短刀をテーマとした詩「短刀」は、私が森哲弥と二人で発行している詩誌「砕氷船」第一号（一九九九年六月発行）に寄稿した作品でもあるが、二十年以上経ってもその詩の魅力はいささかも衰えていない。戦死した実父と継父のことを語る「縁側にて」や愛妻の日常の一場面を切り抜いた「妻の手」など森の人生が垣間見える作品の他、現代社会の問題提起を孕んだ「集合記念写真」や「輝くひとみ」などの読み応えのある八篇の詩が収録されている。

「第三の箱」を開けると、今度は気軽に愉しめる詩が収められている。「ひとさしゆび」から「つめ」に至り「つまむ」で指先を描き終えると、「胃ぶくろ」を経て「ほね」や「パンツのゴム」といった身体を題材にしたユーモラスな詩が現れる。この「第三の箱」の詩群を読んでいると、詩を愉しむということはこういう経験だった、ということに改めて気付かせてくれるのである。これら平易な詩の最後に、全文ひらがな表記の「どりーむふるーつ」が配置されているが、この作品は「第四の箱」

のテーマである戦争へと繋ぐ役目を果たしている。
「第四の箱」の八作品は、「砕氷船」第二十一号（二〇一二年九月発行）で「戦争のすそ野の小さな悲しみ」の総タイトルの下で発表された重厚な詩群である。「第二の箱」と照応させて解釈し、「第三の箱」の愉しい詩群を経た後で味読すると、人生の苦みが一層深まるようである。ここで、いま一度、最初の詩「百科箱日記」に立ち戻ると、百科箱のラベルに「センソウ」「センシ」「イコツ」の文字が記されていたことを発見して、森哲弥の詩想の深さを思い知るのである。そして詩「百科箱日記」は次のように終えられている。

年を忘れた少年の日々
書き続けた日記が百科箱のラベルとなった。

この「年を忘れた少年の日々」の一文は、次の二通りの解釈が可能である。一つ目は過ぎ去った少年の日々を振り返りあの頃は年など考えずに生きていたのに、という今はもう手が届かない日々の回顧の記述であるという解釈である。二つ目は、現在の年齢に関係なく今も少年の日々を生き続けているという現状報告としての解釈である。森哲弥のこれまでの詩人としての歩みを間近で見てきた者として、私は迷わず後者の解釈を採る。森哲弥にとって詩人であることは、永遠の少年性を持ち続けていることと同義である。そして、実生活という「箱」の中身がどのようなものであれ、詩人はそのときどきの感興や感動に応じて、さまざまな「箱」に詩というラベルを付すのである。多くの詩人が年を重ねる毎に少年性を喪失していくのに比べて、森哲弥はこれまで少年であり続けた。年を忘れた少年である詩人・森哲弥は、これからも純美な少年百科箱日記を紡ぎ続けることだろう。

あとがき

　一九六八年発行の第一詩集『初猟』から二〇一四年発行の第八詩集『幻境棲息少年』までずっと表紙画を描いてもらっていた小嶋悠司君が二〇一六年に亡くなりました。大切な友を亡くして長いあいだ放心状態がつづき詩のことは考えられませんでした。今年になってやっと次の詩集のことが意識にのぼりました。けれどもある基調イメージにそって作品を編んでいく方法にまで発展しませんでした。そんなおり「次の詩集は私にも分かる詩を」と妻にいわれました。妻のこの言葉は、詩に深く関わっていないがぼくにとっては親しい多くの友達の言葉でもありました。ぼくは基調イメージの幻想思考を組み立てての詩（難しいといわれている詩）以外の作品で詩集を編もうと考えました。

日常の中のちょっとした気付きや言葉のぶつかり合いの面白さに基づいて作った詩は沢山ありましたのでその中から選ぶことにし散逸していた分もあつめて作品を整えました。

この段階で力尽きていたとき「砕氷船」の苗村吉昭船長が作品に目を通し、深い感想を言ってくれました。彼の言葉はぼくの気持ちと共振すると同時に意外性もあり、より多くの友達に興味をもって読まれることを願っている趣旨にも沿っていました。ぼくは一歩踏み出すことができました。

このたびの出版は妻の後押し、苗村船長の的確な助言によって実現しました。きっと小嶋悠司君にも静かに見守られています。

版元社主の高木祐子さんには丁寧に対応していただき、こまかなところまで目配り下さり感謝しております。

二〇二〇年夏

森　哲弥

著者略歴

森　哲弥（もり・てつや）

一九四三年　京都市に生まれる
日本現代詩人会、近江詩人会　会員
「砕氷船」同人

詩　集『初猟』（文童社）一九六八年
　　『仕事場』（文童社）一九八〇年
　　『少年』（文童社）一九八六年
　　『少年玩弄品博物館』（ユニプラン）一九九六年
　　『幻想思考理科室』（編集工房ノア）二〇〇〇年　第51回H氏賞受賞
　　『物・もの・思惟』（編集工房ノア）二〇〇六年
　　『ダーウィン十七世』（編集工房ノア）二〇〇八年
　　『幻境棲息少年』（編集工房ノア）二〇一四年
随筆集『暮らしのとなり』（竹林館）二〇一一年

現住所　〒五二〇―三二四七　滋賀県湖南市菩提寺東三丁目三―一三
　　　　TEL ○七四八―七四―〇三八八
　　　　E-mail　mori.tetuya@gray.plala.or.jp

詩集　少年百科箱日記（しょうねんひゃっかばこにっき）

発　行　二〇二〇年十月三十一日

著　者　森　哲弥

装　丁　高島鯉水子

発行者　高木祐子

発行所　土曜美術社出版販売

〒162-0813　東京都新宿区東五軒町三―一〇

電　話　〇三―五二二九―〇七三〇

FAX　〇三―五二二九―〇七三二

振　替　〇〇一六〇―九―七五六九〇九

印刷・製本　モリモト印刷

ISBN978-4-8120-2588-8　C0092